Las hormigas del 11S
Último beso en el World Trade Center
Ni te lo imaginas

Richard M. Charles

Reservados todos los derechos. No se permite la reproducción total o parcial de esta obra, ni su incorporación a un sistema informático, ni su transmisión en cualquier forma o por cualquier medio (electrónico, mecánico, fotocopia, grabación u otros) sin autorización previa y por escrito de los titulares del copyright. La infracción de dichos derechos puede constituir un delito contra la propiedad intelectual.

El contenido de esta obra es responsabilidad del autor y no refleja necesariamente las opiniones de la casa editora.

Publicado por Ibukku
www.ibukku.com
Diseño y maquetación: Índigo Estudio Gráfico
Copyright © 2019 Richard M. Charles
ISBN Paperback: 978-1-64086-468-9
ISBN eBook: 978-1-64086-469-6

Dedicado a todos los damnificados del 11s que, como hormigas, dieron al mundo un ejemplo de silencio, paz y concordia; y a mi madre, Mary Emily, la persona que me otorgó todo... hasta la vida.

Mi más sincero agradecimiento al equipo de profesionales de la Editorial Ibukku, y en especial, a Luis Crowe, Diana Patricia González y Ángel Flores, por su dedicación y esfuerzo.

Tanto si crees en Dios como si no, hay un hecho inmutable y universal que no hace falta demostrar con números o estadísticas, la mañana del 11s fue cuando más se repitió una expresión en todo el mundo y en toda nuestra historia:

¡OH, MY GOD!

Richard M. Charles

Honestamente, lo que a continuación van a leer no es exactamente un libro, aunque tenga este formato.

Me llamo Terry, soy un estudiante de biología que quiere hacer partícipe a todas y a todos de su visión sobre un tipo de ser vivo y sus reacciones.

Este texto surge a partir de la lectura del inicio y a la postre única parte de una novela que mi mejor amigo; estudiante de historia; no pudo completar debido a que un accidente de tráfico acabó con él. Su incompleta obra, que lleva por título *El mendigo del 11s*, está conformada por unas conmovedoras palabras que, mezcladas con mi humilde y exhaustivo trabajo sobre las hormigas y lo que sucedió aquella fatídica mañana del 11 de septiembre, hicieron que se removieran en mi consciencia teorías diversas, como la creencia incontestable de que lo más parecido al ser humano es el mono o primate. Juzguen ustedes mismos, aunque de antemano les digo que no hay mayor océano que la mente humana.

En primer lugar, aparece mi esforzado estudio sobre algunas de las reacciones de las hormigas y, en segundo término, la única parte e iniciación de la novela de mi mejor amigo, Tom. Te echaré de menos, donde quiera que estés, gracias amigo.

Un doble desasosiego es todo lo que noto, tengo que defender un proyecto que universalmente todos creerían, pero me siento moralmente desacertado conmigo mismo. No se cómo decirle a la humanidad que está confundida, que lleva años y años en un error, y, lo más devastador, que el mapa humano sigue empeñado en continuar trabajando con ello en el futuro.

Dentro de poco más de dos horas tengo que exponer un proyecto sobre la similitud del ser humano, en los últimos tiempos menos humano, con lo que vulgarmente se conoce como mono. Hace tiempo que he dejado de creer en ello, además, no creo que la apariencia física sea igual o se aproxime a similitud o a su significado. Hoy día, cuando alguien insulta a otra persona de diferente color con muestras de racismo, suele imitar a un primate, creo que esto, además de ser inhumano, no es correspondiente, pues ese pequeño animal que pasa desapercibido, negro, igual que los primeros seres humanos, es tan digno como el color de la piel de cualquier persona.

Por cierto, no le den más vueltas, el título del supuesto amago de libro es la mezcla de lo contado por mi amigo Tom, de forma extraordinaria, sobre el 11s y mi estudio sobre las hormigas.

Son las seis y cuarto de la mañana, con movimientos destartalados, bajo las escaleras que me llevan a la cocina de mi costera casa, observo un par de trozos de queso en forma de torres, semejantes a miniaturas de dos rascacielos neoyorquinos, apoyadas sobre un artesanal plato junto a la nevera de piel cálida. Allí están otra vez, pululando sobre esas dos torres lácteas con cientos de agujeros, como si fueran ventanas de oficinas. He encendido la luz hace dos minutos y pasean sobre el queso con celestial parsimonia cada una en su oficina, supongo que para ellas el encendido de mi luz representa el amanecer, o tal vez el comienzo de una larga jornada laboral. Me embriaga de paz su cercanía y, al mismo tiempo, consigo percibir un silencio majestuoso. Se cruzan unas con otras como si estuvieran compartiendo información o cartas, me pregunto si alguna de ellas tiene que exponer un trabajo sobre la similitud de las especies, al igual que yo. Palpo felicidad infinita en ellas, supongo que es fácil cuando hay abundancia de sabor. Reflexiono y me digo a mi mismo, una y otra vez, si el encender la luz supone un relámpago continuo en su cosmos.

Forman círculos concéntricos o excéntricos en el cual cada una, e independiente del sexo, hace su labor.

Cada vez que se cruzan, con un ademán, se saludan cordialmente como caballeros, o esa es la clara impresión que tengo. Se reparten la información o las cartas con absoluta concordia. ¿Puede existir el enamoramiento laboral entre los seres? Me agota escuchar que unos adulen a otros a través del trabajo, creo que existen otras posibilidades.

Ahora veo como se reúnen cuatro en una de las torres de queso, de pronto se produce una escisión y dos marchan hacia la torre que se encuentra más cerca al filo del plato mientras las otras dos se dirigen hacia la otra torre en el corazón del plato. Es probable que hablaran sobre la problemática de corrimiento. Una de las torres, al filo del plato puede sufrir en cualquier instante un desprendimiento que traería el caos al municipio y, al mismo tiempo, daños a las que se encuentran en la parte inferior o pisos más bajos de la torre. En mi opinión, la torre central domina el municipio, y la torre que se encuentra al filo debe ser la frontera.

Estoy cansado y decido volver un rato a la cama para dormir un poco más. Nunca sabré verdaderamente la reacción que tienen ellas cuando apago la luz, supongo que una confusión pactada entre las presentes. Me pregunto si las hormigas tienen un único Dios en sus vidas o si se encomiendan a mi simple cansancio. ¿Ambas torres irán al unísono cuando se encienda o apague la luz?, ¿la torre central dará las indicaciones?, ¿o tal vez será la fronteriza?

Lo que sí se observa antes de apagar la luz es una escena curiosa: una hormiga rechoncha y veterana que caminaba de forma rectilínea se topó con un grupo de cuatro jóvenes que, de forma señorial, le cedieron el paso. Creo que es algo que al ser humano se le está olvidando, ceder el paso a los mayores, se está rompiendo la cadena evolutiva del respeto, con lo que eso conlleva. Observo como se vuelve a reunir ese grupo de hormigas como si nada hubiese ocurrido, solo se detuvo la reunión por gentileza. Soy un enamorado de las interrupciones por dicha causa, me colma de paz cuando me cortan por algo bello, como, en mencionado caso, un saludo. Es un ejemplo de hermosa interrupción cuando la pluma de una paloma se cuela por la ventana y se posa sobre la página que escribes.

No me queda mucho tiempo para descansar, sigo algo atormentado pensando en el tema en el cual no creo, pero que tengo que defender para obtener la mejor calificación posible. ¿Quién está detrás de aquello que hace que intente justificar algo en lo que no creo? Fundamentar esa pregunta es una cuestión que tendré que hacer en mi interior para convencer al público de algo en lo que no creo.

Respeto desde el primer hasta el último primate de cualquier selva y respeto todo aquello que nos han aportado, pero no pienso que sean los más parecidos, en cuanto a comportamiento, al ser humano; que sea más sencillo estudiar el comportamiento de un primate que el de una hormiga no hace que el primate sea más similar. Tengo los ojos entoldados y escucho un tremendo aguacero a través de la ventana, pienso que cuando llueve los primates deben estar tranquilos, mientras los seres humanos buscan de forma desesperada un paraguas en cualquier centro comercial, o en el caso de los mendigos y pedigüeños, un rincón en la calle donde guarecerse. Las hormigas también buscan techo bajo una hoja.

Lo tengo muy claro, el mono ante el peligro, o algo que cause intranquilidad, corre hacia la copa de un árbol; las hormigas y los humanos no lo hacemos, sino que nos ponemos a mirar hacia todos lados. Es como si el primate tuviera un lugar preestablecido y preparado ante el peligro, pero las hormigas y los humanos no. No puedo dejar de pensar en la desesperación de la hormiga del lavabo cuando fui a enjuagarme los dientes, no noté mucha reacción ante el sonido ensordecedor que producía el malgastado grifo, pero sí al tremendo aumento de velocidad cuando empezaron a caerle encima las primeras gotas de agua. Veo a la muchedumbre en la calle corriendo hacia todas las direcciones posibles, buscando con ahínco un techo para que no se les adhieran las camisetas al cuerpo con el agua. Esa hormiga intentaba subir el lavabo con una cadencia multiplicada por siete desde que la riada de agua llegó hasta sus dominios.

¿Realmente la desesperación del ser humano es la misma cuando está solo a cuando está rodeado de muchedumbre desconocida? Es muy probable que se cree un sentimiento de solidaridad humana compartida o que todo se convierta en un "sálvese quien pueda". A esa hormiga del lavabo le tocó sufrir en solitario, al igual que los grandes genios. Un terremoto vivido de forma conjunta te acerca al adiós y un terremoto vivido en solitario te acerca al más allá. Cuando vives la tragedia en comunidad te aproximas al igual, pero cuando la vives solo intentas conectar tus entrañas con algo inusual en tu vida, que seguramente no compartes en tus charlas o en tu rutina diaria. Las hormigas y los humanos son esos seres que reaccionan cuando, literalmente, tienen la tragedia encima, ambos seres acampan, por momentos, en una potencial descoordinación.

Como un casi imberbe estudiante de biología, siento que pierdo el tiempo escribiendo siendo tan joven, por ello, no esperen que mi temática sea abundante en páginas. De hecho, siento ya el cansancio entre mis dedos y dos hemisferios, debería de estar corriendo por los maravillosos caminos que hay alrededor de mi casa mientras disfruto del aire puro, de mi pasión por la naturaleza y de la interconexión entre el entorno con mi escrupulosa y meticulosa actitud y comportamiento. Por un lado, creo que es conmovedor el ser tan joven y encarar una hoja en blanco, pero por otra parte siento una enorme intranquilidad cuando veo el minutero, porque pienso que no hay nada más único que contemplar un paisaje, esa inmensidad que muy pocos valoran.

De tiempo en tiempo, y cuando quiero recordar a mi abuelo, abrazo el tronco de un anciano árbol que se encuentra no muy lejos de mi casa. Los árboles no solo aportan lo más importante, oxígeno, sino que pueden llegar a ser tus salvadores como lo fueron para el padre de mi mejor amigo, Tom, quien nos contó que hace años, después de una tremenda tormenta y una riada increíble, pudo salvar su vida aferrándose al tronco de un árbol hasta que llegaron para rescatarlo. Me apasiona observar como el sol decide iluminar solo la copa de algunos árboles mientras el verde de ciertas plantas quedan a la espera de sus rayos. Por cierto, el necesitar talar y asesinar parte de un árbol representa la gran contrariedad de mi vida, pues lo que más amo en este mundo son los árboles, pero tengo que sacrificarlos para conseguir el papel y poder escribir mi pequeño libro. Siempre he creído que dedicar un libro es una indiscreción y no hacerlo es lo mismo pero con distinto destinatario, el silencio. Supongo que me encuentro parado entre dos caminos y el tener que decidir me desespera.

Cuando lean lo siguiente no piensen que me he vuelto loco, les aseguro que va en consonancia con mi carácter y forma de ver la vida, con un tinte, como he comentado antes, meticuloso. Para mí, los chicles o gomas de mascar que el ser humano lanza al suelo sin ningún pudor, siempre representarán islas para las hormigas. He visto hormigas detenerse en una de esas islas como si hubieran encontrado oro, no solo por el aroma que desprenden, que debe resultar una fragancia muy agradable para ellas, sino que también parecen ser un símbolo para alejarse de todo el estrés que les supone encontrarse siempre en territorios sin esa fragancia, llenas de monotonía. Para una hormiga, el subirse a esa ondulación o goma de mascar, representa un "¡por favor, déjenme en paz!, quiero, desde aquí, contemplar el paisaje sin que nadie me moleste mientras me acaricia el viento en la cara". Eso es carácter, con un par de narices, o mejor dicho, de antenas, y es que uno llega a un estado donde la huida es el único camino posible. Por cierto, ya que he nombrado la palabra viento, no comprendo como hay personas que prefieren escuchar música mientras van disfrutando del paisaje en lugar de oír el sonido del viento, me parece incomprensible y además creo que realizan la actividad de manera incompleta.

La visión de una hormiga es infinitamente superior a la de un ser humano, y no me refiero a la agudeza visual, sino a la vital. Quiero decir que una hormiga tiene la posibilidad de ver a un ser animal, por ejemplo, volar. El ser humano no puede contemplarlo con sus iguales, no puede observar a uno de su especie volar. Los primates, podrán dar grandes saltos, pero nunca conseguirán volar o nunca podrán observar como vuela uno de su especie. En el vuelo, primates, humanos y hormigas, tienen alas decorativas. Es cierto que los primates pueden ver a otro animal, distinto de su especie volar, ahí nos superan y en ese caso sí se parece un mono a una hormiga. Pero nosotros ¿no éramos animales? El bípedo implume, nosotros no somos animales, no me cansaré de repetirlo. El ser humano tiene que conformarse con ver a un piloto sentado en la cabina de un avión. ¿Cómo sería la reacción de un ser humano si viera a otro ser humano volar?

La reacción de una hormiga cuando ve a otro animal volar es de absoluta indiferencia. ¿Cómo podríamos sorprender a una hormiga?, ¿estamos en condiciones de asegurar que las hormigas lo han visto todo, al igual que los humanos? Incluso pasean felices por encima de las deposiciones, humanas o animales.

He oído hablar, igual que todo el mundo, sobre cómo la clase humana encara las catástrofes. No tengan ninguna duda de que en la catástrofe es cuando el humano habla un único idioma, pues todo el mundo se comprende con gritos y llantos que no tienen ningún tipo de esquema lingüístico, y donde extender el brazo para otra persona significa mucho más que un conjunto de letras. Independientemente del país en el que se encuentre, ¿qué idioma habla un moribundo? Extender el brazo como símbolo de ayuda es el gesto más humano que hay.

Un conjunto de hormigas tuvo un día funesto, pues un coche pasó a gran velocidad, introduciendo su rueda derecha en uno de los charcos contiguos a la acera y provocando un tsunami que impactó sobre la colonia, llevando el caos más absoluto al vecindario. Veo hojas volcadas, casas hormigueras inundadas y rebosantes, ciudadanos flotando e intentando subir como pueden al primer tronco que ven; más que nunca, es un "sálvese quien pueda". Supongo que las hormigas pensarán que todo ha sido debido a un desastre natural, no a una despótica rueda y a su conductor.

La arquitectura, esa bella neurona que al mismo tiempo crea y destruye. Ahora no puedo dejar de pensar en la colocación de los adoquines en las ciudades antiguas y en su insólita geometría, como los canales de agua que propician que existan preciosos ríos para el grupo de hormigas, a veces los diviso y a veces se esfuman. Algunas hormigas charlan junto al río, mientras otras se acercan hasta las entrañas, a un lado y al otro para beber. El mundo se ha industrializado de forma tan visceral que aquellos canales ya no existen, los grupos de hormigas tienen que conformarse con los charcos, lagos para ellas, que van apareciendo en pleno alquitranado, como bolsas de agua estancada.

Sería bueno destruir alguna que otra presa y esparcir el agua para que el ser humano tuviera que restregar su lengua por el alquitrán para poder beber, así podría ponerse en la piel de aquellos grupos de hormigas que vieron arrebatados sus ríos y canales, donde tan amistosamente charlaban, se bañaban o simplemente veían su propio reflejo en el agua. El agua turbia de los ríos en la sociedad de las hormigas equivale al agua transparente en la sociedad de los humanos. Vaticino la mayor de las guerras humanas, y no será otro más que el enfrentamiento por la escasez de agua. La falta de miramiento que tuvo la arquitectura humana con las hormigas será devuelto al ser bípedo de forma más violenta.

El ser humano llegará a ser perfecto el día que mire allá hacia donde pisa y deja su huella.

Como un ser mediocre, jamás olvidaré cuando, paseando a la luz de la luna, pisé un conjunto de hormigas que formaban un camino inmenso, una tropa hecha por miles de ellas. La silueta de mis zapatos produjo una verdadera masacre. En ese camino de casi dos metros de hormigas, con idas y venidas como si fuera una carretera moderna, a poca distancia de lo ocurrido, pude comprobar que, a pesar de mi indiscriminada masacre en forma de pisotón, otro grupo de hormigas seguía una vida apacible. Para ellas no existía lo que acababa de suceder a un metro y medio. ¿Les suena algo de dicha reacción? Pude ver un absoluto caos en el sitio del impacto de mi suela, no paso a detallar como estaban algunos cuerpos; pude comprobar gestos de total nerviosismo, pero también gestos de infinita solidaridad. Doy fe de que en ese momento vi que ellas hablaban un mismo idioma, al igual que la clase humana ante las catástrofes. Mi zapato chocó sobre ellas como un meteorito, pues no les hizo falta que fuera de roca, siendo de goma ya les había hecho mucho daño. Y ¿qué me dicen de la cercanía?

Aún recuerdo aquel resfriado de espanto en la época invernal del año pasado; cuando me dirigía a una de mis cafeterías preferidas saqué de mi bolsillo mi protocolario pañuelo para sonarme la nariz, allí encontré una hormiga. Se me cortó el cuerpo al verla allí atrapada en un papel arrugado e imaginar lo que tuvo que haber pasado en mi bolsillo izquierdo estando en total oscuridad. Sí compañeros, sigo enroscado en el miramiento y el respeto.

¿Ustedes se imaginan a un policía, con una porra de goma en mano, pidiéndole a un camionero bien avenido que se detenga de su trayecto porque hay una columna o un trasiego de hormigas a lo ancho intentando cruzar la carretera? Me imagino a ese conductor desquiciado mirando al policía con cara de loco y espetándole "¡usted no lleva el uniforme de policía sino el de chiflado!" El respeto que usted le puede tener a una hormiga debería ser inversamente proporcional al otorgado hacia las personas mayores. Aún recuerdo, en una de las ciudades más señoriales del mundo, haber visto a un abuelo con su nieto cruzando una calle poco transitada por vehículos y haber sido testigo del caminar con ritmo pendular del anciano. Hoy día, donde el respeto al anciano está en entredicho, sería muy positivo comparar la velocidad de una hormiga con la de un anciano, para entender que el respeto lleva de forma intrínseca una velocidad, si la rebasas, simple y llanamente estás molestando. No vivimos en una sociedad dinámica, sino en una sociedad que arrincona a los mayores, debería de ser prioritario que los niños fueran educados para que los respetaran.

El policía no hubiera tenido más remedio que dejar al vocinglero conductor pasar, provocando un asesinato en masa de hormigas. El anciano consiguió cruzar a duras penas la calle, eso sí, con los pies mojados debido a que, después de esperar, el conductor aceleró de forma tan fuerte que el salpicar del charco llegó hasta las uñas del señor.

Solo eran columnas de hormigas cuyo objetivo era trasladar cáscaras de pipas, utilizadas como cobertizos ante la falta de un otoño. No olvidemos que, para ellas, las hojas caídas resultan un techo y, para nosotros, un paisaje marrón de melancolía. Llego a la triste conclusión de que la lentitud de una hormiga es tan molesta como la lentitud de un anciano, la hormiga trasladaba cáscaras y el anciano se apoyaba en un bastón. No importa lo que transportes o lleves en tu mano, no cumples con la velocidad que te imponen en la sociedad. Ni las hormigas, ni aquel anciano, ni el "policía chiflado", ni yo somos aptos para este mundo tan revolucionado.

¿Qué sociedad prefieres? Aquella que apuesta por la aceleración, llevándose y machacando las cáscaras y la reflexión; o la parsimonia de un anciano cruzando una calle con la vista al suelo mientras te enseña una de sus orejas, como diciendo: "¡Ahí tienes mi oreja como diana de tus improperios!, ¡adelante!, ¡acelera!"

Cuando va llegando el ocaso de tu vida, o te vas haciendo mayor, de forma irremediable te vas encorvando y la mirada, de forma indefectible, se torna hacia el suelo. Se te acaba la mirada altiva y dominante, te aferras a lo que hay junto a tus pies; la extrema lentitud de tus movimientos te llevan a relacionarlo con la cadencia de una hormiga, todo funciona de forma especial.

Una vez que hablo de las personas mayores, no puedo dejar de recordar a Walter, mi abuelo alfarero, que dedicaba su tiempo a modelar el barro con su mirada silenciosa y su enorme barba blanca, que cada día terminaba de color marrón en la parte inferior. Sinceramente, pienso que fue él quien me transmitió el carácter detallista y perfeccionista, el que hizo que fuera tan analista y escrupuloso con la naturaleza y, en consecuencia, con el ser humano. Puedes medir el respeto de una persona hacia otra según el grado de respeto que tengan hacia la naturaleza. Fue él, mi abuelo, quien me dijo que para que el ser humano pueda llegar a un completo respeto entre iguales, antes deberíamos alcanzar un sepulcral miramiento hacia seres diminutos que no hacen daño a nadie... las hormigas. De forma chistosa, mi abuelo siempre me decía: "solo hay alguien que pueda abrasar al sol" hacía una pausa "¡el ser humano!" Al principio no entendía nada sobre su forma de ver el respeto, pero con una de sus genuinas explicaciones me dejó anonadado, me explicó que cuando se encontraba con sus compañeros en el patio del colegio, varios de ellos se dedicaban a pisotear a las hormigas que caminaban junto a un anciano árbol, me dijo que no se puede ser un virtuoso a la hora, por ejemplo, de realizar edificios o de pintar un bello cuadro si no lo somos con los seres vivos. Menuda conclusión más ingeniosa a la que llegó, con el paso del tiempo he alcanzado la sensación de que tiene toda la razón. Debemos de encontrar el mineral y las pepitas de oro en el comportamiento humano, no en el plano material. Mi abuelo, en otra de sus enseñanzas, me comentó una vez "¡no abras tu paraguas si con ello mojas doblemente a la persona que tienes junto a ti!", pues también tenía mucho miramiento hacia al prójimo y hacia la naturaleza. En otra frase memorable espetó: "¡si tratas bien a la naturaleza podrás llegar a acariciar hasta un cactus!". Imagino a mi abuelo siendo un flaco renacuajo y apartando a sus compañeros de colegio increpándoles "¿por qué machacan a esas pobres indefensas?, ¿es que no hay otra forma de entretenerse en el colegio?", casi un episodio divino o profético. Este capítulo, contado con pasión por mi abuelo, hizo que me decantara por todo aquello que rodea a la biología.

Me interesa modelar el carácter del ser humano, como hacía mi abuelo con aquellos compañeros o con sus vasijas y preciosos jarrones de barro. Aún recuerdo el día en el que pude hacer uno con la ayuda de él, ese pequeño jarrón, que todos los días contemplo al ir hasta la cocina a desayunar, tiene un encanto especial, y cada día que paso junto a él al levantarme, siento como si mi abuelo me dijera "¡buenos días campeón!, ¡buenos días Terry!".

Uno se podrá preguntar, e incluso yo mismo lo he hecho, si ese extremo mirar hacia los animales no es un poco exagerado, ese no es el tema en cuestión. ¿Qué me dicen de los animales que nos comemos?, está claro que uno quiere los mejores manjares, pero me refiero a aquellos animales que no tienen contacto con el ser humano, los que son tremendamente respetuosos, en ningún momento nos molestan y, en cambio, nosotros les devolvemos la moneda oxidada o les pagamos con terror. Yo creo que de ahí viene la reacción de mi abuelo en el colegio. Si tuviera que resumirlo en una frase o en forma de plegaria, la más correcta sería: "¡dejemos en paz a los que nos dejan en paz!".

Tengo otra anécdota inolvidable de mi abuelo, aplicada al ser humano, una vez me contó que un hermano suyo llamado Michael, iba todos los fines de semana que el tiempo le permitiera a pescar a una de las desembocaduras de uno de los ríos más sucios que iban a parar al mar. Llevaba un par de años practicando la pesca en dicho rincón de la ciudad, casi todo el que pasaba por allí paraba y le preguntaba "¿cómo es que estás en esta área pescando con lo sucio que está el río?", Michael, que tenía una paciencia casi infinita, siempre respondía, de forma simpática, lo mismo: "son muchos los días en los que el reflejo de la luna se estampa sobre la desembocadura, y eso me encanta". La contestación de mi tío Michael era una verdad a medias, porque era cierto que la luna se reflejaba, era casi como un espejo envuelto en sol, pero, además de eso, la principal razón era que hacía más de medio siglo que Michael no iba los veranos al mismo lugar a pescar, dicho de otra forma, ese era el lugar y el escondite donde pescaba junto a su querido padre y, para él, tal sitio era un lugar entrañable y especial. La mente humana tiene una predisposición negativa cuando algo no le cuadra según sus expectativas, en cuanto observa que las piezas del puzle no encajan según su visión del mundo, todo se convierte en negativo. ¿Cómo puede cuadrar la desembocadura de un río sucio con un hombre pescando?, ¿se comerá o tendrá la valentía de cocinar aquello que consiga pescar?, ¿cogerá alguna infección de lo que pesque? Los pensamientos peyorativos a flor de piel, pero hay un puzle más perfecto que el que ustedes tienen en mente, ese hombre sabía perfectamente el porqué estaba allí pescando, no faltaba ni un fin de semana a su jornada pesquera veraniega para rememorar viejos y bonitos recuerdos de su infancia, sin importarle si algún pez o ciudadano mordía el anzuelo. Después de tan majestuosa anécdota, no tengo más remedio, como biólogo o aspirante, que enfadarme con la sociedad irreflexiva, la cual va a una velocidad endiablada con sus pensamientos y no reflexiona como lo haría, por ejemplo, un artesano como mi abuelo, un paciente alfarero. Indudablemente, pienso que se está sacrificando la reflexión. En el mundo de la educación es necesario trabajar la predisposición antes que la alfabetización, porque una persona puede llegar a estar muy labrada y muy cultivada, pero puede llegar a cometer actos terribles debido a que, mientras se ha ido formando en conocimientos, no se ha ido configurando en predisposición hacia esos conocimientos. Lo diré de otra forma, puedo estar acariciando las hojas de mi maceta preferida y no estar atento o saber cuándo y cuánta agua necesita o viceversa. Debemos de tener el conocimiento sobre qué necesita una planta y al mismo tiempo un trato caballeroso y señorial hacia ellas, esa es la conjunción perfecta. Es una cuestión de prioridades, la predisposición no es otra cosa más que una cordial, pero trascendental, introducción hacia una correcta educación.

Cuando mi abuelo me contaba de cómo sus compañeros se divertían junto al árbol, creo que probablemente el árbol también se divertía viéndoles jugar, pensaba que después de hacerles daño a esas pobres hormigas el siguiente damnificado sería el propio árbol, que en ese momento sonreía. Cuanto antes se ataje la mala predisposición, a menos seres vivos se extenderá el daño. No se olviden de algo muy importante, la predisposición ante cualquier cosa, puede hacer que esa persona, aún no siendo alfabetizada, realice la mayor obra del mundo. La historia de los profetas es la historia del desafío a las letras, es decir, renunciar a las letras para a partir de ellas formar maravillosas palabras.

Seré un poco cruel ahora, mi abuelo, que dijo adiós a la vida debido a un problema con su próstata, narró a la familia, no a mí porque a mí solo me contaba cosas bonitas, que una de las veces que no tenía más remedio que orinar como fuese, debido a su enfermedad, entró a un restaurante a intentar miccionar y antes de llegar a la puerta del servicio, como si se tratase de un puesto fronterizo, el dueño le dijo "señor, tiene usted que consumir para poder usar el lavabo", mi abuelo, que era un hombre muy antiguo respecto a la salud, inmediatamente pensó "estoy en un sitio público y tengo derecho a atender a mis necesidades y mi salud". Mi abuelo no llegaba tarde a una cita amorosa o a una comida de negocios, hacía muchos años que no entraba en un restaurante, y ya no estaba en la onda de que todo se mueve con dólares.

Nadie tuvo la culpa, ni mi abuelo que tenía un problema de salud, ni el camarero, ni el dueño que no sabía de qué iba la película. Mi abuelo tampoco se prodigaba mucho en dar explicaciones a desconocidos, o eso pienso yo, juzguen ustedes mismos, pero aquello me sugiere una pregunta, ¿dónde colocaría usted las dos predisposiciones encontradas y en tal caso enfrentadas? La predisposición de mi abuelo frente a la predisposición del dueño del restaurante; los dos, a su manera, eran artesanos, uno en la cocina y el otro en la alfarería; el dueño, y jefe de cocina, colocaba la comida en los platos de barro que mi abuelo había hecho, moldeado y entregado curiosamente a ese mismo restaurante hace varios años. Los dos, en su momento, se complementaron, salieron victoriosos y beneficiados, pues un verano entero estuvo mi abuelo trabajando para entregarles a los dueños del restaurante una remesa con cuatro docenas de platos de artesanía pura, el nuevo dueño del restaurante no conocía su procedencia. El tiempo va entremezclando las cosas y aparecen nuevas personas que no conocen historias pasadas, estas personas a su vez van formando nuevas historias y nuevas predisposiciones. A pesar del pequeño disgusto que se llevó mi abuelo en la entrada del restaurante, logró entrar al servicio y pudo hacer sus necesidades. Lo que son las cosas, mi abuelo mostrando su vulnerabilidad y al mismo tiempo mostrando magnanimidad.

Me levanto para salir huyendo de casa con el objetivo de enfrentarme a mi propio laberinto. No creo, insisto, que lo más parecido al hombre sea un primate, hasta en el plano gastronómico los humanos y las hormigas comen de todo, por no hablar de la equivalencia en atracción hacia el sabor dulce. No se guíen jamás por la apariencia física, ese es mi mejor consejo como futuro biólogo.

Bajo las escaleras y estrello mi dedo anular contra una de las torres de queso desatando un tremendo desasosiego y caos en las hormigas que allí se encuentran, una de las torres se derrumba mientras la otra sufre un inmenso temblor. He machacado a una de las hormigas, y, en un gesto de absoluta solidaridad en ellas, veo como una se acerca a la más afectada para arrastrar de ella como buenamente puede; otras dos hormigas se mueven sin rumbo, como si no supieran a donde acudir; segundos después, el segundo impacto contra la otra torre de queso hace que el caos se vuelva peor aún. Veo como caen las hormigas desde las torres hacia el fondo del plato. No creo en el suicidio de las hormigas, en ese aspecto muestran más fortaleza espiritual que los humanos, ellas prefieren que la muerte impacte sobre ellas que impactar ellas sobre la muerte. Se aferran como pueden a las paredes para no despeñarse y apuestan por sostenerse, sin sospechar que otro de mis dedos, como si fuera un avión, pueda impactar de nuevo. La desesperación reina en ambos edificios lácteos, entre ellas mismas nace, al igual que en el ser humano, el instinto de "sálvese quien pueda". Observo cómo se escapan por la parte trasera del plato, huyen sin contemplaciones. Las que deciden quedarse, intentan colarse por la zona más baja de ambas torres para intentar rescatar a las que se encuentran entre los "escombros". Ambas reacciones son muy humanas, unas huyen debido al miedo y las más avezadas, física y psicológicamente, intentan ayudar y salvar vidas. Bloques de queso aplastan las antenas y patas de algunas de ellas, provocando un tremendo llanto y dolor. Las lágrimas de muchas de las hormigas hacen que los poros que contienen ambas torres de queso, y que, como dije en un principio, se asemejan a cualquier rascacielos neoyorquino, se fundan provocando desprendimientos.

Veo como una de las hormigas, en la torre norte, se agarra como puede a uno de los poros salientes para no caer, el impacto de uno de mis dedos ha hecho que la mayoría de sus patas queden paralizadas. Ambas torres se encuentran por los suelos, la desolación se palpa de forma dramática. Es la fotografía de la destrucción y de cómo un ser humano puede llegar a socavar la felicidad de toda una tropa de hormigas que simplemente hacían su trabajo o charlaban sobre su futuro. ¿Harían ellas lo mismo con nosotros? Abro el trozo de pan y saco de la nevera la mermelada para untarla y, así, llevarme algo para comer antes de exponer mi trabajo. Veo el jarrón de mi abuelo, ese jarrón que me recuerda que lo que más quiero y aprecio en este mundo es, al final, lo más cotidiano. Antes de quitar el plato con las torres de queso me acuerdo de que a esas pobres hormigas no puedo hacerles ningún daño. Saco el plato con las dos torres de queso y las llevo a un gran macetón que hay junto a la puerta de entrada, están en su cielo, sanas y salva, rodeadas de alimentos y naturaleza. Todo fue, para ellas y para mí, una lúgubre pesadilla.

Las siguientes palabras corresponden a la obra inacabada, debido a un accidente de tráfico, de mi gran amigo y excompañero de universidad Tom.

Aún recuerdo a Toby, mi perro, quien siempre me acompañaba allá a donde fuera mi silla de ruedas. Era tan cariñoso que no podría describirlo en su totalidad de forma objetiva. Fuerte, con un pelaje brillante de color marrón y siempre dispuesto a repartir toda su bondad a los seres humanos, especialmente a los más necesitados como yo.

Años después de todo lo que ocurrió, y viviendo ahora en Chicago, la hermosa ciudad que enreda mis sentimientos en los rascacielos, no puedo borrar de mi cabeza aquello que aconteció. Mientras duermo me vienen, en forma de tormenta, multitud de imágenes a la cabeza, pero hay una que sobresale por encima de todas las demás: el cadáver del señor Parker, muy cerca de mi silla de ruedas, después de haber saltado de una de las dos torres gemelas derribadas aquella indescriptible mañana del 11 de septiembre de 2001. Era amigo mío y fue la persona que hizo posible que hoy día me encuentre en la ciudad de mis sueños, pues él fue quien pagó el pasaje con el que pude regresar al lugar que me vio nacer, gracias a él volví a mojar mis manos en el Lago Michigan.

Esa mañana, el señor Parker dejó a una bella mujer californiana y a sus dos maravillosas hijas; también me abandonó a mí. No puedo expresar la tristeza que sentí cuando, entre la tremenda confusión, pude comprobar que era su rostro.

Él era de Chicago, al igual que yo, y aficionado a los Chicago Bulls. Casi todas las mañanas me traía un bocadillo y un zumo mientras me comentaba entusiasmado algunas de las míticas jugadas del mejor jugador de la historia en el mundo del baloncesto, Michael Jordan, aquello nos unía mucho.

Mi perro, Toby, reconoció de inmediato al Señor Parker, delante de mis ojos tuve la imagen más sobrecogedora que he visto en mis 45 años de vida, a Toby lamiendo la cara de mi amigo. No tengo aliento ni lágrimas para describir aquella escena, pero tengo la total necesidad de compartir lo que viví. Sinceramente creo que mi mascota nunca haría diferencias a la hora de reportar amor y cariño hacia una persona que necesitara ayuda, como esa mañana la precisaba el señor Parker, pero tienen que creerme cuando digo que aquellos instantes fueron los más dramáticos de mi vida, y al mismo tiempo, los más escalofriantes. Tuve la sensación de que Toby, mi perro, fue el último en dar un beso en el World Trade Center. Sí, fue el último beso. Pude alzar mi cabeza hacia el cielo y ver que el Señor Parker no fue el único que saltó al vacío, fueron numerosas las personas que decidieron poner punto final al regalo más lindo que te ofrece la humanidad: la vida. Ahora no tengo 45 años, tengo unos cuantos más, y les puedo asegurar que aquella mañana cambió el mundo.

Además de Toby, siempre me acompañaba un pequeño transistor y unos ropajes que cubrían mis maltrechas piernas, que un día decidieron no dar ni un paso más. En aquella mañana, al igual que Toby besaba el rostro del señor Parker o, mejor dicho, besaba su alma, me hubiese gustado darle un tremendo abrazo a su mujer y a sus dos preciosas y jóvenes hijas. Tuve la oportunidad de ver a su familia en una foto que él guardaba como oro en su cartera. En las últimas navidades tuve la ocasión de verlas. En mencionado amanecer, era la primera persona en ver al señor Parker fallecido, gritaba y gritaba pidiendo ayuda, pero mi voz se ahogaba en un aura de sirenas y caos. Había una confusión jamás vista en la ciudad de Nueva York. Las personas andaban como hormigas enloquecidas, moviéndose hacia todos lados y al mismo tiempo hacia ninguna parte.

Siempre diré lo mismo, he visto muchas hormigas sobre mi comida y ningún alimento quedó maltrecho o infectado, sigo creyendo que en lo más diminuto está la solución. Recuerdo a mi maestro inquiriendo, con toda razón, y diciéndome "¿qué estás mirando?" yo respondiéndole "a esa hormiga que está caminando entre las baldosas como si flotara sobre un río seco". Años después, tristezas aparte, yo soy como esa hormiga.

Esta ciudad se sabe como la mejor del mundo, le sobra calidad y calidez, es capaz de superar todo tipo de caos, pero en la mañana del 11s creo que solo Toby sabía que la tragedia que se avecinaba, superaba todos los récords de las catástrofes. El suelo hacía que temblaran las ruedas de mi silla, se me cayeron la pera y la manzana que tenía en el regazo y un enorme estruendo llegó hasta mi tímpano; desde casi un primer plano pude observar cómo algo se estrellaba sobre la otra torre. Una gran humareda apareció en lo más alto de una de las dos torres, mi temática preferida en la escuela siempre fueron los volcanes y todo lo relacionado con la naturaleza; en aquellos instantes, sentí como si un volcán entrara en erupción. Vi pasar a la señora Conrad, iba corriendo y alejándose del centro del volcán. La señora Conrad es una hermosísima mujer que aquel día no se acordó de despedirse de mí, siempre terminaba su jornada laboral a las 15 horas, pero esta vez se marchó antes. Siempre me regalaba una sonrisa que me hacía palpitar el corazón, soñaba cada día con invitarla a cenar para decirle lo bella y agradable que era y agradecerle que siempre me saludara. Ella logró escapar, dicha mañana, del terrible hormiguero neoyorquino.

Siempre he creído que el saludo es lo más valioso que tiene el ser humano, la primera mirada o el primer apretón de manos pueden hacer que entres en una nueva dimensión, aquella donde solo los mejores seres humanos pueden llegar. La Señora Conrad, poseída por el miedo, decidió no saludarme, después lo entendí todo, cuando ella se paraba, siempre tenía una caricia para Toby, aunque, con toda justicia, no le gustaban los lametones de mi querido chucho, sentía que disolvía su maquillaje de manos.

¿Saben una cosa?, ambas torres las conformaban gente maravillosa, no solo eran personas de negocios. Fue la primera vez, y única en mi vida, que pude ver una biblioteca en el aire, suspendida en el cielo, no puedo contabilizar la cantidad de papeles planeando sobre el cielo de Nueva York, supongo que revelaría una cantidad de secretos financieros inconmensurables, pero en aquellos instantes me percaté de que el ser humano no vive de papeles, sino de humanidad y créanme que el señor Parker y la señora Conrad manejaban importantes carteras financieras, pero ¿a quién le importaría en esos momentos? Mis ojos vieron como la Señora Conrad corría como una niña en busca de su casa con un objetivo: el darle un abrazo a su querida madre, a la que adoraba, algo que el Señor Parker nunca volvería a hacer.

A veces me digo a mí mismo "lo que le cuesta al ser humano demostrar sus sentimientos". En aquellas horas pude ser testigo de los gestos más sinceros y las lágrimas más verdaderas, no era como una lluvia ácida, sino una constelación de sentimientos a flor de piel que hicieron que, por primera vez en muchos años, empezara a notar como mis piernas temblaban; la última vez que había tenido esa sensación fue de pequeño, cuando mi madre me llevaba al Lago Michigan, en Chicago. Me considero un mendigo con una información mediana o alta de lo que ocurre en el mundo, y lo que estaba pasando aquel día era una dislocación de sentimientos.

Debo contarles como el señor Rasuini, un hombre de origen libanés, agarraba del brazo al señor Marot, un hombre de origen judío que un día soñó con Nueva York y decidió quedarse, con el único fin de ayudar. Y es que los humanos deberían ser como las hormigas en dicho aspecto, no tener nacionalidad. Una ingente cantidad de personas mayores son cuidadas a diario por personas de otras nacionalidades, personas que besan el suelo al llegar a tierras distintas de donde nacieron. Ahí nos llevan ventaja esos seres diminutos, siempre he creído que la sociedad más perfecta es la de las hormigas, además de ser la sociedad mejor jerarquizada.

Mi transistor era la desembocadura del Río Chicago, en la que todas las noticias hablaban de lo mismo, caos en la capital del mundo y cantidad de personas cabalgando por las calles sin ningún tipo de rumbo. Decidí alejarme un poco de la torre norte, que no dejaba de expulsar humo a borbotones, agarré a Toby y tomé la determinación de no mirar hacia el cadáver del Señor Parker tirado en el suelo, fue estremecedor ver como mi perro fue el último en despedirse de él, como dije antes, el último beso. Si ustedes se fijan cuando van a la casa de un amigo por primera vez y se topan con su perro, siempre son los animales en dar el último adiós, en dicho caso, Toby cumplió con el pronóstico.

En el 11s vi mis propios sentimientos delante de mis narices, sin ser capaz de responder o de reaccionar ante ellos, me sentía absolutamente superado por los acontecimientos que estaba viendo y le pido perdón a Dios por casi no haber podido pedir ayuda para el hombre que hizo que hoy día me encuentre en la ciudad soñada por mí. Creo que, en aquellos días previos, de forma profética, el Señor Parker me obsequió el dinero para que me olvidara de Nueva York y de todas las escenas tan difíciles que me tocó vivir y volviera a la ciudad que me vio nacer, ustedes decidan, yo nunca lo sabré.

Hay personas que tienen muchísimo dinero, pero al mismo tiempo poseen una descomunal solidaridad, como el señor Parker.

Las escenas más duras que una persona puede sufrir son aquellas que no necesitan abrir ningún tipo de cerraduras, las que se presentan sin saludo previo o las que amanecen sin necesidad de desayuno, y aquella mañana se alinearon todos los preceptos. Me alejé a unos veinticinco minutos (no olviden que los que vamos en sillas de ruedas no calculamos la distancia por millas, sino por minutos) de la primera torre golpeada y me encontré con Gonzalves, un mexicano que adoraba Arizona, y que este año se dedicaba a limpiar ventanales en una de las dos torres. Decidió hacerme compañía en los siguientes veinte minutos de mi vida, compartí mi estremecimiento con él sobre lo que me tocó ver. Durante el tiempo juntos me comentó que no sabía a ciencia cierta lo que estaba pasando pero que se estaba "cocinando" algo importante, y dijo cocinando porque los grandes planes, muy buenos o muy malos, no se traman, sino que se cocinan. Me sorprendió su reflexión y empecé a pensar en varias hipótesis.

El señor Gonzalves siempre tuvo el sueño americano y le dije que lo conseguiría si tenía fe y creía realmente en sus posibilidades, es como la fe de las hormigas cuando sueñan con toparse con el queso perfecto. Admiro a la gente que cree en sí misma y Gonzalves era uno de ellos, había dejado a toda su familia en la mágica ciudad de Veracruz para buscar una mejor vida laboral en Estados Unidos, pero aquella mañana era un ser confundido con su elección. Ninguno de los dos nos podíamos imaginar todo lo que desencadenaría aquella mañana, la mañana indescriptible, como yo particularmente la he definido.

Tengo la gran suerte de haber nacido en la ciudad de Chicago, tanto el señor Parker como yo, ambos de Chicago, abrazamos hace años el carácter amigable de la ciudad del Michigan. Para el que no lo sepa y quiera informarse sobre el carácter del ser humano de la ciudad del viento, siempre he creído que las personas de Chicago tienen un carácter y una bondad libre de impuestos. Intentaré explicarme, si el mundo fuera un comedor mundial, los pájaros se acercarían a la mesa donde se encuentran almorzando las personas de Chicago, ya que ellas tienen un don especial, te guardan el mismo respeto tanto si decides estar en silencio como si decides hablar. Supongo que amo con locura dicha ciudad y a su gente.

Debido a mi carácter amistoso, siempre he creído que he sido el mendigo idóneo para contar la historia más impresionante jamás ocurrida en América, el derrumbe de los dos colosales y gemelos edificios.

El Señor Gonzalves me soltaba, de la forma más risueña posible, que EEUU le había usurpado territorio a México, siempre me contaba las batallas sobre la territorialidad entre estos dos países, y yo siempre le contestaba lo mismo cuando se agriaba un poco el tono de la conversación que nunca pasaba a mayores "de verdad Gonzalves ¿me hablas en serio?, yo amo al país que tenga mejores rampas para poder deslizar mi silla de ruedas, no tengo ningún inconveniente en entregar territorio porque siempre he pensado que la tierra solo le pertenece a Dios y el tema fronterizo es algo demasiado anticuado, no deberían de existir las fronteras, es algo que le está haciendo mucho daño a la humanidad. ¡Los cuadros de un museo si pueden cruzar las fronteras y las personas no pueden hacerlo! Es como dejar pasar un bello cuadro y no dejar pasar al autor del mismo. ¡Se dejan pasar las ideas, pero no a las personas! Siempre lo repetiré, cuanto antes abramos las fronteras más pronto nos acostumbraremos a las distintas formas de ser de unos y de otros. Es clave, las personas necesitan el ejemplo como forma de educación, y las fronteras lo impiden, pues se precisa un constante contacto visual para aprender y las tecnologías no llegan tan cerca. Quiero conocer a personas de otros lugares sin tener que pagar, es denigrante para el ser humano. Cruzan los libros las fronteras y no pueden hacerlo las personas. ¡Hay que reflexionar! De verdad Gonzalves, ¿crees que para ir de una tierra a otra o para cruzar de un desierto a otro tienes que pedir permiso?, es algo que nunca podré comprender. Si quieres que te diga la verdad, mis fronteras son la carencias de rampas; es un detalle tan minúsculo y que pasa tan desapercibido para la inmensidad de la gente, Gonzalves, que muchas veces me pongo a llorar solo, porque siento que la luz de la luna no brilla ni refleja igual sobre las ruedas de una silla que sobre unos impolutos zapatos, como los que llevas tú ahora mismo. Esa es mi territorialidad y esas son mis fronteras, el ver como el ser humano no disfruta del reflejo de la luz de la luna sobre sus zapatos al anochecer. Cantidad de personas que no se percatan sobre el enorme haz de luz que tienen en sus vidas y deciden apagarlo con sus conversaciones dañinas que nada más consiguen molestar a los más necesitados como yo".

Aún recuerdo a mi maestro Gonzalves, querido Gonzalves, esa figura que hoy día la sociedad ya no valora, pero que tiene el papel más importante en ella. Él me decía que yo vería grandes acontecimientos en este mundo y que debía de ser un ejemplo para la futura sociedad.

Veo cada día a miles de personas cruzar las calles, unos con una sonrisa en la boca, otros muy serios o hablando por teléfono y amigos durmiendo entre cartones, pero todos tenemos un trasfondo en común, todos estamos enamorados de la vida. Aquella mañana, Nueva York sufrió un desenamoramiento forzado de la vida, una ausencia de oxígeno obligado. Que haya árboles no significa que siempre haya oxígeno.

Siempre he creído, amigo mío, que esta sociedad tiene un gran problema: el gran egoísmo que existe. Detecto una bipolaridad no en el comportamiento, sino en la inteligencia enfocada al egoísmo, una competición, como si fuéramos hormigas buscando los chicles dulces o gomas de mascar del suelo.

Todos los días de mi vida los seres humanos me han ayudado en mi quehacer diario, pero ese día, 9/11 , me tocó ayudar a mí; es algo que solo la vida y lo inexplicable de ella te puede enseñar. Estoy muy triste de que haya tenido que llegar un día como este para desarrollar con total plenitud todo mi potencial solidario. Ojalá no hubiese sido nunca un tremendo solidario como lo fui durante el 11s, pues hubiera preferido que no se hubiese presentado jamás la gran contrariedad de mi vida, es decir que el que necesita ayuda pasara a ayudar.

Francamente creo que los planes más perfectos y los más malvados que uno pueda llegar a concretar se realizan de la forma más silenciosa posible, removiendo al menor número de personas posibles. Cuando uno urde un plan maligno, como es un ataque terrorista de proporciones devastadoras, puede pergeñarlo desde su casa y con la chimenea encendida. Ese día le dije a Gonzalves que de una de las torres salía un humo muy denso y muy negro, como de una chimenea, después le dije "quiero hacerte una pregunta respecto a planes maléficos, ¿quién se va a dar cuenta de ese humo negro que sale de una chimenea a altas horas de la madrugada?, aquí está la clave, en las cosas secundarias de las situaciones. Seguramente te darás cuenta desde el exterior de una casa de la luz encendida en el interior de la habitación o del resplandor de la luz del ordenador reflejado en las blancas paredes, pero nunca prestarás atención al humo que sale de las chimeneas de los hogares o, lo que es lo mismo, de las cosas secundarias. Es ese humo negro, solo inhalado por las estrellas, el que realmente debe de darnos miedo. Es como intentar detectar la luz de una vela sobre una estrella o intentar averiguar por donde va a salir el chorro de agua de las ballenas cuando respiran; es muy difícil saberlo. Amigo mexicano, vosotros tenéis la bondad en la sangre, sois dialogantes y bromistas, esa actitud me encanta, también hay un número de seres humanos en el mundo que callan para el rezo y eso es grande y maravilloso, pero hay otra porción de seres que se encuentran enclavados en ese silencio, a los que relaciono, de forma inapelable, con el humo negro que brota de las chimeneas. No es posible captar la esencia de sus pensamientos ni la raíz del cordón umbilical de sus sentimientos, sencillamente son impenetrables. Vale, estoy de acuerdo con el máximo respeto hacia los que aman el silencio, pero ya va siendo hora de introducir una linterna por las chimeneas y ver que es lo que está prendiendo. Llevo toda mi vida rezando y pidiendo por la paz en este mundo que se va al precipicio debido al ciego egoísmo existente y necesito un silencio abrumador en mis oraciones, pero no para urdir ningún plan con Dios, sino simplemente para que el humo que sale de mi chimenea llegue al cielo sin ningún tipo de interés. Es un rezo puro y sin estridencias, que hace que la noche se haga más oscura y que los latidos del Lago Michigan se vuelvan más brillantes, es algo inexplicable. "El problema del rezo humano es cuando las plegarias tienen un porqué y una explicación, eso es lo que realmente da miedo", a todo eso Gonzalves me respondió "mira amigo, yo soy mexicano, aunque por mi nombre muchos creen que soy portugués o brasileño, y tengo la gran suerte de haber divisado el azul puro del Pacífico y haber rezado delante de él sin intermitencia y sin vacilación, todo ser humano debería de contemplar el azul del Pacífico para tranquilizar su alma; esa es la parte inexplicable de mi vida, tú me has contado la tuya y yo la mía. Hablas magia del Michigan y yo del Pacífico, ensalzas a un lago y yo a un océano, y aún así nos llevamos muy bien tú y yo, un lago y un océano pueden llegar a ser grandes amigos. Déjame decirte algo: durante la noche todos los barcos se encuentran pastando en el mar, pero solo uno de ellos es iluminado de forma pura por la luz de la luna. Hay seres humanos que por el motivo que sea están iluminados por no se sabe qué, seguramente lo llamarán Dios, pero lo que si tengo medianamente claro es que este mundo es injusto porque el sol brilla más para unos que para otros y esta desigualdad no hay forma de paliarla, no importa la política que hagas, no tiene ningún sentido que luches contra el azul intenso del Pacífico o contra el egoísmo de luz lunar, es irremediable. La política debería luchar por un reparto igualitario de monedas y nada más, porque de la otra igualdad o desigualdad ya se encarga la naturaleza". Continué con la conversación "oye Gonzalves, he escuchado otro estruendo, no sé a que puede ser debido. Bueno, mi mundo gira en torno a las rampas, sueño con tener mi propia autopista para poder circular, pero tienes bastante razón, ninguna política puede hacer que pueda mover con más facilidad mi silla de ruedas con el viento en contra o que no patine cuando hay agua y barro. Estoy de acuerdo Gonzalves, creo que este mundo debe criticar menos a la clase política. Soy más que nunca una hormiga, Gonzalves, voy hoy demasiado lento comparado con cualquier otro ser humano. Que a nadie se le olvide que para una persona con discapacidad es el triple de difícil huir. Creo que el que está en las primeras posiciones de la inteligencia es aquel que empieza a criticar muy poco a la clase política y simplemente se dedica a ayudar en silencio a la gente necesitada de su alrededor. Yo soy un necesitado Gonzalves, desde hace muchos años, y creo que la divina providencia me ha reservado un día en el que me va a tocar ayudar a mí. Es algo durísimo, pero todos tenemos un día guardado en nuestro calendario vital en el que aparece nuestra propia contrariedad en carne viva. La experiencia no sirve cuando hay situaciones del pasado que convierten en parodia tu personal experiencia de vida, es como si los recuerdos se rieran a carcajadas de ti de forma incontrolada, sin ningún pudor y creo que es lo que me está ocurriendo ahora mismo a mí. Tengo la sensación, Gonzalves, de que ese humo negro que salen de las majestuosas torres se ríe a carcajadas de mí, ahora me va a tocar a mí ayudar más a las personas necesitadas durante los próximos días, inexplicable. Durante parte de la mañana de este soleado día, he conseguido cuatro dólares y medio, es un triunfo, solidaridad del Señor Parker o la Señorita Conrad aparte, normalmente no suelo llegar a los tres dólares a estas horas de la mañana, está muy claro que los viandantes van derecho al trabajo y se olvidan de mi condumio particular. Los trabajadores son autómatas que van directos a complacer su propio yo, sin mirar a derecha o izquierda, no se si está bien o mal, pero lo que sí tengo clarísimo es que los que van como robots hacia el trabajo no tienen a Dios en sus vidas, pues cuando se tiene al que sostiene a las nubes sin columnas en tu vida, existe una pequeña pausa de camino a cualquier lugar.

Nunca entenderé a las personas que no realizan la pausa, me apasiona ver a algunos seres humanos que me saludan desde lejos sin detenerse, es genuino, hacen una pausa sin detenerse, es mágico porque ese tipo de personas dejan entrever algo bueno, unas vibraciones fantásticas transformadas en forma de saludo. ¿Qué quieres que te diga?, para mí un saludo es algo muy valioso porque me recuerda que entre seres humanos debemos de estrecharnos las manos, aunque físicamente a veces no se produzca, no me importa que sea desde la distancia. Por cierto, Gonzalves, nunca te he dicho esto y ya va siendo hora de decírtelo, eres un gran oyente y me gustaría darte mi última opinión antes de ir a visitar a Walter Ryscott, pues el jueves pasado le dije que iría a su casa a tomar un té, hay silencios que pueden llegar a dar miedo, como algunas estatuas que parece que te están mirando de forma continua, aunque estoy de acuerdo contigo con lo que una vez me comentaste, Gonzalves, que las estatuas también tiemblan, también se delatan de alguna u otra forma, lo que ocurre que es casi imposible detectarlo, es como intentar localizar a una hormiga en el alquitrán. Dentro de la gran variedad de seres humanos que existen en lo que queda de planeta, hay distintos tipos de generaciones, la generación de paz, donde los pájaros abrazan a las nubes; la generación volcánica, que está llena de ira y espera el justo movimiento de tierra para estallar; la generación críptica, que es prácticamente indescifrable en sus pensamientos, es decir, conoces el almidón pero no su fórmula química ($C_6H_{10}O_5$); y la mejor, o peor de todas las generaciones si se mezcla con algunas de las anteriores, la generación silenciosa, el humo de la chimenea en mitad de la madrugada, que solo es visionado por las estrellas y que solo, amigo mío, Dios detecta. No siempre el fuego es peor que el humo, a veces el humo anuncia algo aún más devastador. Es él, Dios, el que ve a la hormiga en el alquitrán. Venga Gonzalves, no me vengas con esas referencias tuyas de que la generación silenciosa es de tal o cual origen, paso de volver a escuchar tu argumento obsoleto, sabemos tú y yo, el Pacífico y el Michigan, que existen un tipo de personas que se camuflan en el propio ruido humano, que se adentran en el universo del silencio, donde la mayoría de los seres humanos no pueden llegar".

Finalmente me despedí diciéndole "oye, me voy a casa de Walter Ryscott a ver que cuenta, mañana espero volver a verte si esas dos moles no se vienen abajo. Dame un cigarro, ya está bien de darle vacaciones a mis pulmones, tengo ganas de pegarle una buena calada a uno de los tuyos".

Me gusta ir hablando por la calle con la gente, es algo que siempre he hecho, no sé si es una manía o no, lo cierto es que lo hago casi sin parar.

Llegué a casa de Walter Ryscott, le pregunté que cómo estaba, y le dije que yo estaba bien, aunque con un poco más de canas en mi cabeza y en mis piernas, comenzó a platicar conmigo, "aquí estoy, viendo la televisión, muy atento a lo que ocurre a minutos de distancia, de hecho apareció en la televisión mi mujer paseando cerca de la torre norte, pude ver que traía la bolsa de frutas que le pedí del supermercado. Creo que han sido dos aviones los que se estrellaron en las torres, y todo apunta a que fue un ataque terrorista. El presidente del gobierno va a decir muy pronto unas palabras".

Le contesté a mi anfitrión "querido Walter Ryscott, ¿sabes una cosa?, los pájaros y los aviones tienen y siempre tendrán forma de crucifijo, yo sé que tú eres cristiano y como cristiano que eres tengo la sensación de que nunca te has parado a pensar en esto, los pájaros, esas aves únicas, tienen ese gran don de poder volar, siempre he creído que son los auténticos ángeles de la tierra porque son los únicos seres que pueden pasearse por el cielo sin necesidad de maquinaria alguna, fíjate en el maravilloso aterrizar de las cigüeñas en sus nidos. Todo lo que sea artificial estropea de alguna forma u otra el vuelo hacia el azul del cielo. Walter Ryscott, pues si que parece sobrecogedor el impacto de los aviones contra las torres. ¡Oh, Dios mío!, ahora si que está saliendo demasiado humo de ese costado de la Torre Norte".

Le pedí que por favor pusiera una cucharada más de azúcar a mi café, ese azúcar que le encanta a las hormigas, mi amigo Walter Ryscott continuó con la conversación "¿por qué nos hacemos tanto daño los unos a los otros?", lo escucho con atención mientras le pego unos cuantos sorbos al café, cuando termina de hablar le respondo "yo creo que en este mundo hay personas habladoras y personas silenciosas, esa es la verdadera división de los seres humanos, en el momento en el que los parámetros de unos y otros se disparan aparecen los conflictos. Un silencio extremo y un no parar de hablar es lo que hace que aparezcan las guerras, y son prácticamente inevitables porque el termino medio entre los dos es casi inalcanzable e imposible". Mi amigo me preguntó "¿tú cómo harías para que el que guarda un extremo silencio se incorpore a la rueda del diálogo?, ya se que es muy difícil contestar, pero me valdría una aproximación de ideas", yo respondí "mira, la persona que se encuentra acostumbrada al silencio se encuentra muy a gusto en el fondo de su océano, es la típica persona que no le importa que pase el tiempo, pues, para él, el paso del tiempo es como el oleaje del mar, después de una ola vendrá otra y ya está, no hay más que contar; pero si hay que advertir algo muy importante al respecto, la persona silenciosa no soporta el tsunami de palabras del hablador, éste último se puede sentir algo incómodo con la persona callada, pero las personas silenciosas son las que en el fondo retumban más sus acciones, es como el gran jugador de baloncesto que siente que es el mejor mientras masca goma de mascar, sabe de forma clara que balón que coja, balón que encesta, así que le da prácticamente igual lo que digan o dejen de decir de él; la persona silenciosa es igual, sabe que siempre tiene un as en la manga, un secreto que nunca contará a nadie, y por eso simplemente se dedica a escuchar a los demás, prestando una pequeña porción de atención pero sin darle demasiada importancia, como si lo que le fueras a contar ya lo hubiese escuchado demasiadas veces o en otra vida. Las personas que se engloban dentro del género del silencio son seres humanos extraordinarios, con una inteligencia fuera de lo normal, son personas que se pueden acercar a una moral cuasi divina y es eso, curiosamente, lo que le falta a este mundo, mucha moral para poder plantarle cara al futuro. Tienen la cualidad de ser bondadosos ante las personas que les rodean, pero, como te dije antes, no sé hasta que punto soportan al otro extremo, al hablador". Walter Ryscott me dijo "siempre me han gustado tus charlas, ¿dónde podemos encontrar a ese tipo de personas?, me refiero a los silenciosos, porque yo soy bastante charlatán". Yo le respondí "lo primero que tienes que hacer para detectar a ese tipo de personas es intentar acercarte lo máximo posible al silencio, eso debe ser un sufrimiento para ti porque no estás acostumbrado a ello, imagínate que no sabes hablar el idioma, que casi no te puedes relacionar con nadie, pasarías de golpe a esa generación silenciosa, aunque no consiste exactamente en eso ni en conversaciones de ascensor... bueno, creo que dejamos el tema para la próxima ocasión porque se está derrumbando la primera torre". Observamos exaltados las imágenes del televisor "¡oh Dios mío, por todos los cielos!, ¿quién habrá sido capaz de llevar a cabo esa atrocidad?, creo que el que lo ha hecho, querido Walter Ryscott, ha tenido que tener una sangre fría, fuera de lo común, ¿no crees?" a lo que él dijo "Sí, me parece demasiado". Continué diciendo "vamos a esperar a ver que acontece, ha temblado mi silla bajo mi cintura". Walter Ryscott habló "¿quieres que te diga algo?, no creo que los futuros profetas se encuentren junto a la pantalla de un ordenador. ¿Realmente crees que el que tenga que venir a salvarnos se encuentra detrás de una pantalla de cualquier computadora?", Le respondí "definitivamente creo, Walter Ryscott, que muchos son los maestros que hay sobre la faz de la tierra y pocos los profetas, hay una gran diferencia, las personas que se asemejan a los profetas van despojados, como en la antigüedad, de todo lo que resulte pesado, van caminando por las calles, paseando su mirada hacia un lado y otro sin prestar mucha atención al discurrir de los acontecimientos, no son videntes, pero sí pronostican o advierten sobre lo que va a acontecer". Él me dijo "tengo que hacerte una pregunta, ya sabes que hay un número de personas que se dedican a realizar su día a día intentando el menor contacto posible con todo aquello que roce al ser humano, ¿cómo serán juzgadas por Dios estas personas que deciden entregar su vida al no contacto humano sin hacerle daño nadie? Dios no tiene contenidos para poder evaluarlos, ¿se puede realmente evaluar o calificar al silencio?", a lo que le contesté "yo respeto a las personas que apuestan por el silencio, pero, Dios mío, espero que apuesten por los símbolos de paz, porque, de lo contrario, el futuro es poco esperanzador. Esas personas extremadamente inteligentes que se lo ponen tan difícil a Dios, pero que, al mismo tiempo, no le ofenden o no le hacen ningún feo al todopoderoso. Es muy difícil responderte a eso porque calificar el silencio de las personas es la tarea más difícil que tiene Dios, lo fácil es ponerle nota a lo común, a lo que vemos en el día a día, el ver si una persona te saluda o te da la espalda, si te intentan estafar o si te insulta por el color de tu piel, pero es imposible, o no sé cómo se hace, lo que es solo visionado por los ojos del silencio. Es como la confianza silenciosa, la confianza de un humano en un volcán o la confianza de una hormiga en la suela de un zapato, es demasiado extraño. Una vez escuché que Dios envía los terremotos a los lugares donde hay demasiado ruido, porque quiere el silencio para que los humanos puedan practicar el rezo, creo que debe resultar muy difícil", Walter Ryscott me respondió: "tú y yo creemos en Dios, todavía lucho por encontrar una respuesta y no hay forma, tío, es un código con demasiadas cifras escondidas. De la inmensidad de opciones que te da el juego del ajedrez, hay una de ellas por la que nadie apostaría, ni siquiera una máquina u ordenador, y es ahí donde se encuentra la generación del silencio, donde casi nadie puede llegar".

Cambié el tema "me gustaría saludar a tu mujer, Mara. Habéis estado por Honduras no hace mucho, ¿cómo se encuentra su familia, Walter Ryscott?", él me respondió: "muy bien, aunque sus padres ya van cumpliendo años y eso es algo que no hay quién lo detenga, amigo mío, queremos volver para el próximo mes de junio. Queda mucho tiempo en el camino, pero bueno, cogeremos uno de esos crucifijos voladores, como tú les llamas, y regresaremos a tierras hondureñas. Me encanta ese país, y me gustan los países que intentan pasar lo más desapercibidos posible, como Honduras, donde la gente es muy sencilla, eso no tiene precio".

"A mi también me gusta eso, Walter Ryscott, aunque no habrá ciudad, ni siquiera país, en el mundo que pueda competir con Chicago. He paseado por esta ciudad y he llegado a una contundente conclusión: una cosa es Chicago y otra EEUU. ¡Es una gran diferencia querido Walter Ryscott!, ¡no te rías, hombre! Lo reconozco, cuando hablo de Chicago me emociono, no puedo evitarlo, tío. La única ciudad que me ha visto sin silla de ruedas ha sido la ciudad del viento. He llorado demasiado junto a mí mismo, lo repetiré una y mil veces, es la ciudad donde pasa todo y al mismo tiempo no pasa nada, es como un misterio inquieto que quiere revelarse y al mismo tiempo decide, a última hora, guardar su secreto. Dicho todo esto, amigo Walter Ryscott, lo que sí te reconozco es que un 11 de septiembre dejé de caminar, jamás se me olvidará ese día. Algo me desgarra el alma cuando veo a tanta gente quejándose por todo, todo les molesta. Me acuerdo de ese fatídico 11s de hace ya bastantes años, en ese momento en el que todo iba a cambiar en mi vida para siempre. La gente que se encuentra sana debe saltar y brincar por las calles, debe entrar por las cafeterías con una sonrisa de oreja a oreja, debe darle una palmada en la espalda a su padre cuando entre por la puerta de su casa y debe de reír mucho cuando discuta con alguien al final de la conversación, esa es la vida, apreciar lo que la salud te ofrece. En el momento en el que no valoras tu respirar puro, en cuanto a salud se refiere, estás echando algo a perder y será irrecuperable, que no te quepa ninguna duda. Siempre he creído en una cosa, hay personas que sienten una tremenda desmotivación por la vida, es como si nada le causara interés, creo que son un grupo de personas con un conjunto de neuronas superiores al resto de los mortales. Advertir que el poseer neuronas superiores o inteligencia infinita no equivale a ser mejor persona. ¿Cómo es posible que haya personas en este planeta en el que su máxima aspiración sea hablar o encontrarse cara a cara con Dios para charlar?, es algo, Walter Ryscott que supera mi razonamiento". Continué "oiga, tengo la posibilidad de tener una casa, comprarme un coche o paso olímpicamente de los sueños de mi ilusionada y bella mujer, pero no me apetece, lo que quiero es simple y llanamente que me dejen en paz de una vez por todas y conseguir mi meta u objetivo, que no es otro que lo que "supuestamente" marca Dios. Me importa un comino si mi mujer está entusiasmada con su embarazo, me da exactamente igual si han subido el precio del agua o de lo que sea, lo verdaderamente importante para mí no se encuentra en este o en ningún planeta. Nadie debe olvidarlo, la paz entre dos sociedades diametralmente opuestas es imposible, nadie encontrará una solución a ello, esto no es una enfermedad que se pueda curar con un tratamiento, no señor, ni siquiera una enfermedad terminal que se pueda salvar con un milagro. Esto va mucho más allá y, por primera vez, aparece de forma clara la figura de Dios en este tejemaneje y en el que se siente sinceramente incómodo. Hay personas extremadamente inteligentes pero que carecen de una auténtica moralidad como para poder enfrentarse a este problema colosal, y por todo ello, con el modelo actual vamos a un choque espeluznante de civilizaciones, éste se romperá, tarde o temprano, como el hilo de una cometa. El mundo necesita que nos entremezclemos desde muy pequeños si queremos evitar el choque entre humanos. Lo que uno hace hablando otro lo hace en silencio, diferencia insalvable, pero hay esperanza para el futuro si esta mezcla se da cuanto antes.

Actualmente, hay seres incrustados dentro de la sociedad que no quieren saber nada de la misma, es posible estar perfectamente imbuido de la sociedad y no tener piedad de ella, realmente llegan a ser seres guiados por un egoísmo molesto, pero claramente aceptado; solo cuando llegan tiempos difíciles, salta la temible ira. La desaparición de la pausa en las conversaciones, o de la reflexión, está convirtiendo a esta sociedad en un motor hiperactivo sin descanso que, al final, termina enfadando a todos y llevándonos de forma inevitable a las guerras. Me hago una pregunta ¿qué tiene más peligro, el silencio del dinero o el ruido de un misil?, realmente el miedo produce al mismo tiempo silencio y ruido... y a mitad del camino se encuentra la guerra. Las personas no reflexionan sobre los niños muriendo de hambre mientras las distintas sociedades sonríen de forma gratuita y desenfrenada. Los futuros gobiernos deben luchar frente a la contra-tecnología, me explicaré amigos, como ejemplo, deberemos de prestar atención a la venta de cuchillos y tenedores, no tienen ningún sentido el tener disponibles tanques, ya no tienen tanto valor, esos armatostes mastodónticos, de cara a salvaguardar la vida".

El terrorista cuando va a la peluquería no suele decir como quiere que le corten el pelo, digamos que deja hacer para conocer el estilo de quien corta el pelo y conocer así a su rival. El terrorismo tiene un gran aliado, la burocracia, los grandes genios del bien o del mal, desprecian la burocracia. Las abejas asesinas se inmolan para defender su colmena mientras los terroristas no sabemos el verdadero porqué, pero deberíamos de estar muy atentos. No olvidemos que sin orden de guerra también se puede desestabilizar perfectamente a un país.

América no necesita equilibristato, es el único continente que te permite tener pesadillas durante la noche y soñar durante el amanecer, y que además tus sueños se hagan realidad. EEUU es muy grande por sus pequeños gestos, no puedo sacarme de la cabeza a esa mujer que iba en silla de ruedas, como yo, e intentaba, como podía, limpiar los excrementos que acababa de depositar su perro en la acera de una calle remota y perdida en Chicago.

EEUU es un país que tiene algo que no tiene ningún otro, esas franjas en su bandera lo demuestran, realizadas y puestas a consciencia por el destino para que sigan circulando los antiguos ferrocarriles de la hermosa ciudad de Nueva York, ese no dudar y rugir hacia el futuro con unos pasajeros guiados por las estrellas que iluminan su bandera, sus caminos y a sus ciudadanos. Los ángeles y precisamente desde Los Ángeles a New York, pasando, por supuesto, por Chicago, protegen el color y el brillar de la bandera estadounidense. Que Dios bendiga siempre a América

www.ingramcontent.com/pod-product-compliance
Lightning Source LLC
LaVergne TN
LVHW041540060526
838200LV00037B/1070